novum **pocket**

Doris Tamm

Der Ursprungsberg

Mein Geheimnis

novum ◢ pocket

Bibliografische Information
der Deutschen Nationalbibliothek:

Die Deutsche Nationalbibliothek
verzeichnet diese Publikation in der
Deutschen Nationalbibliografie.
Detaillierte bibliografische Daten
sind im Internet über
http://www.d-nb.de abrufbar.

Gedruckt in der Europäischen Union
auf umweltfreundlichem, chlor- und
säurefrei gebleichtem Papier.

© 2024 novum Verlag

ISBN 978-3-903468-64-1
Umschlagfoto:
Foaloce I Dreamstime.com
Umschlaggestaltung, Layout & Satz:
novum Verlag
Autorenfoto: Doris Tamm

www.novumverlag.com

Druckprodukt mit finanziellem
Klimabeitrag
ClimatePartner.com/16547-2311-1001

Inhaltsverzeichnis

PROLOG

MOABIT

Es ist wie verückt solch ein großer Unterschied zwischen zuhause im Norden an der Küste und zuhause im Ursprung in Berlin. Es ist so ein großer Unterschied zwischen der deutschen Muttersprache und dem Berliner Dialekt.

Mein Herz brennt!

Ich hab so ein schmerzhaftes Heimweh gehabt und als ich endlich nach Hause kam waren die Eindrücke so groß, alle Eindrücke waren so stark und so mächtig dass ich sie nicht alle umarmen konnte.

So wurde mein Herz geöffnet.

Ich wollte dieses so sehr. Ich wollte zurück. Nach Hause!

Ich war ein Sommer da wo ich geboren und groß geworden bin. Noch nie war mein Herz so kraftvoll gewachsen. Alles war riesig. Riesengroß. Ich konnte mich nicht vor der Expansion schützen. Ich hatte wunderbare Stunden an den Seen und in den Parken, im Grünen, auf den Straßen des Asfalts und in den Häusern aus Betong und Ziegelsteinen.

Die Sonne schien oft auf einen blauen Himmel.

Ich bin so froh, dass ich zurück zu meinem Ursprungs-berg gefunden habe.

Mein geliebter Ursprungsberg. In Moabit.

Jetzt nehme ich den Rucksack ab. Der ist jetzt saubergemacht und sortiert.

MOABIT

Moabit wie Musik
Moabit wie Mosaik
Moabit wie Moor
Moabit wie das Volk aus Moabit

2024

1. Der Ursprungsberg

Ich bin ganz ruhig und die Uhr sagt an,
dass es mitten am Tag ist.
Die schwarze Nacht ist jetzt vorbei,
nur ein kleiner Rest der schwarzen
Grenzlosigkeit ist noch zu spüren.

Wenn nichts mehr übrig ist,
wirklich nichts mehr da ist,
spüre ich meine eigene Festung und die Burg in mir
drinnen. Die steht fest und sicher da.
Meine Burg in mir.

Alle werden wir sterben.
Früher oder später. Du und ich, ich und du.
Lege deshalb deine Steine, alle schweren Steine dahin
wo sie hingehören. Draußen im Freien irgendwo
bei deinem Ursprungsberg.

Ich liebe dich mit und ohne deine Steine.

Juli 2022

2. Wurzelloser Baum

Kleines Bäumchen
mit Wurzeln rausgerissen
die Wurzeln verschieben
hin und zurück
weiter weg
immer weiter weg
ohne Wurzeln sein
ohne Erde

Die Wurzeln sind amputiert
getrocknet
anstatt Wasser und Nahrung
kommen die nicht runter in die neue Erde
können nicht richtig landen

Die Erde ist bald weich
anstatt knallhart
gefroren mit einer Eisdecke darüber

Die Erde wird bald ganz weich und zart
bald ist die Erde wie warme fette Butter
anstatt kalt und hart

Die Wurzeln können wachsen
sowie die vielen Äste und Zweige
sowie die Blätter und Knospen

Die Blumen öffnen sich freiwillig
gieren nach den warmen Sonnenstrahlen
die endlich durchkommen
durch die dicken grauen Wolken

Bald ist alles gut
Bäumchen ist ein sehr schöner Baum
mit viel Obst mit vielen süßlichen Trauben

Juli 2022

3. Roter Sessel

Im roten Sessel
da sitze ich ganz geborgen

da kann ich mich selbst sein
so wie ich es bin

keiner will und kann mir was Schlechtes antun

Im roten Sessel ist
der rote Samt
ganz weich

Ich bin umgeben voller Geborgenheit
guten Gedanken
und Liebe

Liebe zu mir selbst

jetzt fehlt nur noch ein Fußbad

Und du

Juli 2022

4. Gänseblümchen

Keiner sieht
das Gänseblümchen

ist umgezogen mit den Wurzeln
keiner sieht die Kleine

die Angst vor dem Riesenloch
ohne Hoffnung hat

wie ein Dornröslein
möchte es jetzt nur schlafen

wie ein Dornröslein
das gestochen wurde
von der Angst und vom Schmerz
und runter gestoßen wurde
in das Riesenloch

Aber nach langer Zeit kam es wieder hoch
und fing an zu leben und zu blühen

so kann es mit Gänseblümchen sein

Juli 2022

5. Hände hoch

Ich tu meine Hände hoch
Ich tu meine Arme hoch
zum Licht strecke ich meine Hände und Arme hoch
vor Dankbarkeit
für Alles was ich gefunden habe

Ich tu meine Hände hoch
Ich tu meine Arme hoch
zum Licht strecke ich meine Hände und Arme hoch
weil ich fertig geblutet habe

Ich tu meine Hände hoch
Ich tu meine Arme hoch
zum Licht strecke ich meine Hände und Arme hoch
weil ich fertig geweint habe

Ich tu meine Hände hoch
Ich tu meine Arme hoch
zum Licht strecke ich meine Hände und Arme hoch
weil ich dankbar bin

für alles
was ich wiedergefunden habe
und verstecke die Löcher die vor Sehnsucht
nach den Liebsten und Nächsten entstanden sind
in meinen Händen und Füßen und in meinem Bauch

August 2022

6. Akzeptanz – jetzt!

Akzeptiere
das
was
war

Nachdem
es
im
Gesicht
gesehen
wurde

Weitergehen
mit
Schrittchen
ganz
Kleinen

Geradeaus

Zufrieden sein
mit
dir selbst
und
mit
deiner
kleinen
Plattform

Atme!

Leicht!

August 2022

7. Weiße Anemone

Frühlingsblume
frisch
weiß

mit offenem Mund

sucht
das
Licht

will
es
trinken

September 2022

8. Das Licht kommt

Wenn das Dunkle flieht
weil das Licht kommt
können die Muskeln und Sehnen
sich wieder dehnen

Wenn das Dunkle flieht
weil das Licht kommt
ist der Körper wie Gummi
und ich kann wieder atmen
Sauerstoff spüren

Wenn das Dunkle flieht
weil das Licht kommt
kann ich alles

Jetzt flieht das Dunkle
weil das Licht kommt
ich bin dankbar für das Leben
ich bin dankbar für die Existenz.

August 2022

9. Landen

Mit beiden Füssen sich hinstellen
und an der Vision sich festhalten

das NEIN aussprechen
das NEIN nicht nur artikulieren

um auf der eigenen Plattform zu bleiben

um wieder ein Teil
des Alltages zu werden

um wieder ein Teil
von sich selbst zu werden

um wieder ein Teil
mit denen zu werden
die einem wirklich nahestehen
mit denen
die man wirklich sehr liebt

August 2022

10. Es gibt mich

Ich bin stolz
Ich atme
es gibt mich noch

Ich bin stolz
dass es mich gibt

noch immer

obwohl gewisse Tage
gibt es mich kaum

wie eine Ameise
komme ich voran

man sieht mich kaum
vielleicht sind alle kleinen Schritte
selbstverständlich
aber nicht für mich

der nächste Schritt
ist das Schweigen zu brechen
das Schweigen
betreffend
des Taugens
ein jeder möchte dazugehören
jeder soll dazugehören

auch wenn vielleicht alles
schon gesagt wurde
ist der Wille da
es nochmals auszusprechen:
„Wessen Tochter bist du eigentlich?"

August 2022

11. Katharsis

Enttäuschungen sind wie sumpfige Erde
je mehr du dich bewegst
desto mehr sinkst du ab

absinken ist wie das Schicksal
verlassen zu sein
das Gefühl die Einsamkeit zu tragen

abhängig zu sein
vom Alten
und von alten Beziehungen

anstatt zu sortieren

Juli 2022

12. Luftwurzeln

Nach allen Jahren
nach allen Jahren
nach allen Jahren
die vergangen sind

vermisse ich
meine Mutter
die Ur-Familie
die Verwandten
die Freunde
die Wurzeln
die Schulkinder von damals
die Liebe
die erste große Liebe

ich habe zwei erwachsene Kinder
bald sehe ich sie wieder
sie fliegen wie Schwalben
die ihr Nest bauen
so soll es sein

Fliegt!

Ich bin hier
gleich bei euch
wenn ihr es möchtet

Fliegt!

Neue Wurzeln
Luftwurzeln

So soll es sein!

Januar 2018

13. Alles ist ok - oder?

Sonnenschein und Hitzewelle
Lauwarmer Wind
Der Bus kommt
Der Zug auch
Pünktlich zur Arbeit
Kann man den Alltag lieben lernen?

Kann man das Leben lieben lernen
Kann man die Jahreszeiten lieben lernen
Kann man die Gefühlsschwankungen akzeptieren
lernen
Die Höhen und Tiefen
Antwort: JA

Kleine Schrittchen nehmen
Klitzekleine Schritte

Einen Tag nach dem anderen
Eins nach dem anderen

Das ist auch Liebe

Alles ist ok – oder?

Juli 2022

14. Wer und was ist das Ich?

Das Ich
weiß immer
wo es
hingehört

im Nichts

auf dem Lande
in der Stadt
auf den Straßen

im Meer
des Friedens
im Wald
der Geborgenheit

im Grünen
der Jugend
auf dem See
der Erinnerungen

in den Bergen
der Höhen und Tiefen
im Schnee
in der Kälte

im Null
des Grauens
im Sonnenschein
des Gelächters

im Schatten
des Todes

in der Ewigkeit

März 2012

15. Klassenreise

Gestern:
ein schmutziges deutsches Kind
aus Berlin. Moabit.

Heute:
ein Teil von früher
und von frischen Zusammenhängen
und von Erbe und Biologie
alles gemischt

Ich habe immer mein Ich
bin nicht ohne Identität
Voller Erfahrung
vom Leben

reif

Ich
eine reife Frau
in ihren besten Jahren

heute

August 2022

16. Mädchen & Jungen

Sechsjährige Mädchen
verlieren ihre Milchzähne
lieben rosa
Maus aus gefilzter Wolle
zeichnen Prinzessinnen
klettern
reden viel
rotrosa Backen
spielen mit Murmeln
sind mit Freunden
mögen lila
Maus aus gefilzter Wolle
zeichnen Prinzen
klettern
lachen
zanken, schlagen
reden viel

Sechsjährige Jungen
verlieren ihre Milchzähne
mögen blau
spielen Fußball
zeichnen Autos
klettern
reden viel
rotrosa Backen
spielen mit Murmeln
sind mit Freunden
mögen blau
spielen Fußball
zeichnen fröhliche Pimmel
klettern
lachen
zanken, schlagen
reden viel

November 2022

17. Frei sein

Muss gar nichts!

18. Aufgabe des Lebens

Die Lebensaufgabe
ist an sich selbst zu glauben
anstatt der letzten Forschung
anstatt nur an das Gute glauben
den Glauben an sich selbst finden

ich bin ok
genau so wie ich bin

ich bin geliebt
und habe das Recht geliebt zu werden
so wie ich bin

wertvoll
so wie ich bin

Die Aufgabe des Lebens ist
daran zu glauben
was im Bauch zu spüren ist

auch wenn die Wirklichkeit
nicht dem entspricht

trotzdem Zuversicht haben
und dem Gefühl vertrauen
das im Bauch zu spüren ist

Das ist die Aufgabe des Lebens
die Ruhe behalten
auch wenn es stürmt
es wird ok werden

Die Lebensaufgabe ist
an sich selbst zu glauben

November 2022

19. Feuerwerk des Lebens

Lebensraketen werden angezündet
wenn Funken und Fetzen fliegen
wenn die Lungen immer wieder Luft bekommen
wenn ein Austausch bei den Alveolen stattfindet

Verfaultes wird frisch
Sumpf wird fest
Hunger wird satt
Angst und Sehnsucht finden nach Hause

Sehnsucht darf verreisen
Durst spürt das Wasser
auf der Zunge

Lebensraketen werden angezündet
wenn Funken und Fetzen fliegen
wenn Wasser den Strand findet
wenn die Stille den Sturm trifft

Wenn Herbst in Winter wechselt
haben Mädchen schwarze Gedanken
Lippen treffen sich
du siehst in meine Augen
ich in deine
wenn wir eins werden
vielleicht für eine Nacht
oder für den Rest des Lebens

August 2022

20. Plankton

Bis der Abend
und die Nacht
kommen
und die Flammen
des Lebens
entstehen
im Wasser
im Meeresfeuer
in den kleinen Sternchen
und den vielen Lichtern
im Dunklen
bei dem planktonischen
Leben im Mikrokosmos
des Meeres

Juli 2022

21. Transformation

Ich bin nur
Ich bin nur
ok

der Körper ist aber ab und zu
lahm
und das Leben wird manchmal auf Pause gesetzt

aber gleich ist die positive Lebenskraft
wieder zurück
etwas Neues nimmt Form an
bis dahin mach ich meine Schritte und
meinen Detox weiter
und warte auf das Licht
warte auf die Sonne
warte auf die Amsel
das Leben geht weiter
willkommen, du Wendepunkt
heb mich doch wieder hoch

allen Widrigkeiten zum Trotz
mache ich weiter
schaffe es
mit kleinen
ganz
ganz
ganz
kleinen Schrittchen
mache ich weiter

Januar 2020

22. Wenn keiner mehr da ist

Wenn nichts mehr übrig ist
und wenn es wirklich leer ist
keiner mehr da ist
außer meiner nackten Haut
und die Dornenkrone auf meinem Kopf
Druck auf den Brüsten
von Erinnerungen und Erfahrungen

dann ist es schwierig
dann ist es sauschwer noch einen einzigen Atemzug zu
nehmen

wenn die Füße nicht mehr zu spüren sind
nur noch das Kribbeln im Körper
die Finger Mini-Impulse schicken
die Tränen brennen
und die Wut
kocht

der Magen schreit
anstatt der Stimme

Hör mir zu!
Sieh mich an!
Zeig mir dass du mich lieb hast!
Zeig mir ein klein bisschen Respekt!

Aber anstatt dessen
ist nur das alte Muster da
das vom dreckigen Kind das es noch gibt
das Pflegekind aus Berlin
dreckig
arm
unsichtbar

Wenn nichts mehr übrig ist
nur noch meine nackte Haut
wenn es leer ist
wenn es wirklich leer ist
wenn keiner mehr da ist
außer meiner nackten Haut
einer Dornenkrone auf meinem Kopf
Druck auf den Brüsten
von Erinnerungen und Erfahrungen

dann ist es sauschwer noch einen einzigen Atemzug zu
nehmen
wenn die Füße nicht mehr zu spüren sind
nur noch das Kribbeln im Körper
die Finger Mini-Impulse schicken
die Tränen brennen
und die Wut
kocht immer noch

Januar 2016

23. Weinregen

Der Wein wird immer besser
jedes Jahr
noch eine wunderschöne Blume
eine Explosion
ein Gewürz
in der heutigen Zeit
eine rote
Farbe des Lebens
ein Durst
so groß und noch größer
als die
des Liebesweines
in einem Fass aus Eiche

April 2012

24. Die deutschen Berge

Ich stehe da am Strand und habe eine Verabredung mit
dem Weltall.

Ich sehe die weißen Steine am Strand,
die vom Meer und der Strömung über die
vielen Jahre geformt sind.
Ich sehe den Berg vor mir
bestehend aus Gesteinsbrocken und feinen Splittern
in großen und kleinen Haufen.
Da sehe ich eine der größten Möwen je.
Die sitzt nur so da und schaut mich auffordernd an
als ob sie auf das Leben wartet.
Oder ob sie vielleicht auf mich wartet?
Vielleicht wartet sie auf ihre eigene Existenz?
Vielleicht wartet sie auf das Leben selbst?
Das was mal war,
das was jetzt ist,
das was bleibt,
das was kommen wird.

Juli 2022

Danke Dir, Wolle Semmler

25. Spreewelle bei Moabit

Du ziehst mich an.
Dein Wesen.
In der Mitte
Europas.
Berlin.
In der Mitte
Meines Herzens.

Du ziehst mich an.
Dein Wesen.
In der Mitte
der Stadt.
Berlin.

Moabit.

Welle der Liebe.
Liebe
Spreewelle
bei Moabit.

November 2019

26. Fliederlaube

Ein Laubsaal aus Flieder
der offen steht
ohne es schreiben oder sagen zu brauchen
das Gefühl ist da
dass du herzlichst willkommen bist
wie am Himmelsfenster

Berge stehen da
die Großen
die Kleinen
die Stabilen
die Schönen
die Harten
die Weichen

die aus Sand
die aus Klippen
die aus Granit
die aus Gneis

Tauben
die auf einem Zweig sitzen
sich um einen Platz drängeln
Ist es zu eng?
Nein, alle bekommen Platz.

Ein blaumetallic Käfer
landet in meinen Haaren
fällt auf den Rücken
will wieder hoch
will sich umdrehen
will weiterfliegen
gleich geht's wieder los
Hoch! Hoch!
Flieg gleich wieder
Hinaus aus dem Laubsaal aus Flieder
wo alle Platz bekommen

Ein Laubsaal aus Flieder
der offen steht
ohne es schreiben oder sagen zu brauchen
das Gefühl ist immer da
jeder ist herzlichst willkommen
wie am Himmelsfenster

Juli 2022

27. Malven im Paradies

Liebeskörner die gesät werden
ohne mitzubekommen woher sie kommen
oder wohin sie zerstreut werden

schnell wachsen
stark werden
Wurzeln bekommen

Jeder Einzelne kann sich stark wachsen
in der dunklen, tiefen Erde
ein Naturgesetz

Jedes Liebeskorn das gesät worden ist
wird sehr schön

Juli 2022

28. Der Vogel

Bin schon draußen den ganzen Tag
wünschte mir ich wär ein Vogel
fliege durch Land und Stadt

wünschte mir ich finde zu deinem Fenster
schaue von außen rein in deine Welt

Suche nach dir
suche deinen Geruch

Fliege an Bergen vorbei
an Meeren
an Seen
an Häusern
an Höhen
an Tiefen
am Grünen
am Blauen
am Lila
an Gelben
am Rosa
am tiefen Dunkelrosa
kein Babyrosa

Fliege an anderen Vogelnestern vorbei
suche nur eins
deins
Suche nach deinem Geruch

liebevoll und ruhig
ganz langsam
nehme ich meine Federn
um dich zu schützen
und dir Wärme zu schenken

Bin schon draußen den ganzen Tag
wünschte mir ich wär ein Vogel
fliege durch Land und Stadt

wünschte mir so sehr ich finde zu deinem Fenster
schaue von außen rein in deine Welt

August 2022

29. Flieg jetzt los

Zuerst stehe ich
dann hebe ich
werde ganz ganz leicht

Gewichtslos

Ich werde ganz ganz leicht
noch viel viel leichter
ich bin jetzt ganz ganz leicht

Jetzt geht es schnell
nach oben
noch weiter nach oben

Jetzt fliege ich
nach oben hoch
höher und höher

Jetzt fliege ich nach oben
ganz weit nach oben
zum Himmel hoch

weiter und weiter

Der Wind haucht auf die Flamme
die leuchtet

Alles da unten
wird kleiner
und kleiner

immer weiter
nach oben

Jetzt fliege ich
an Zweigen vorbei

An Baumkronen
an Hauswänden
an roten Backsteinen

Jetzt Dächer
Straßen
Wege
Netzmuster

Grünes
Gassen
Alleen
Seen
Felder
Rechtecken
Dreiecken

Meere
Wellen
Boote
Krähen

Ich erobere
Gewichtslosigkeit
Stille
Ruhe
Einsamkeit
Friede
Zweisamkeit

Ganz ganz still
Ganz ganz ruhig
Ganz ganz friedvoll

Ich lass die Gewichte
da unten
Jetzt fliege ich
Endlich
fliege ich wieder
Ich bin frei

Ich fühle mich wieder
frei

Ich kann wieder
atmen
wieder
wieder
wieder

November 2019

30. Auf Wiedersehen

Aufbruch ist nicht dasselbe
wie Abschied
Nervenbündel schreien
wie die Säge sägt

Ich schaffe es
mich zu verabschieden
bevor du mich verlässt
Für immer weg
du verlässt mich für immer

Ein Schmerz
der brummt
wie ein Bär
in mir drinnen
der mich zu kleinen
klitzekleinen
Schrittchen zwingt
dabei würde ich so gerne
ein Tänzchen machen

Teddy Bär, Teddy Bär
dreh dich um
Teddy Bär, Teddy Bär
mach dich krumm

Ich steppe mit ganz
ganz kleinen Schrittchen
nach vorne

Ich bin wieder ganz alleine
und ich liebe dieses einzige Wort
Auf Wiedersehen

Meine Seele wird wieder gesund
Ich weiß es ist möglich

November 2022

31. Atmen

Ich atme die Luft ein
die Liebe
mit offenem Herzen

Ich bin frei

Ich atme die Luft aus
die Schwierigkeiten

Ich atme die Luft ein
die Liebe
mit offenem Herzen

Ich bin frei

Ich atme das Alte aus
die Vergangenheit ist nicht mehr da

Ich atme die Liebe ein
mit offenem Herzen

Jetzt

atme ich den Schatten aus

Ich atme die Liebe ein

Ich bin frei

Ich atme aus

die Mauer ist weg

Ich atme nur

August 2022

32. Fleißiges Bienchen

Das Bienchen fliegt
trotz des Gesetzes
nicht fliegen zu können

Obwohl es viel zu schwer war
ist es tatsächlich noch immer
in der Luft

Von einer Blume
zur anderen Blume

fliegt
das fleißige Bienchen

August 2022

33. Dazugehören

Ein Teil vom Ganzen
Ein Fragment
Eins davon zu sein
bedeutet
Dazugehören
Dabeisein

Die Biene ist eine von allen
Eine im Universum
Eine von allen

Jetzt hebt sie wieder ab und
macht weiter
steuert den Körper
atmet die Luft aus
fliegt
steuert ihr Zentrum
sich selbst

Du wunderschönes Bienchen

steuere den Körper
atme die Luft ein
fliege
steuere dein Zentrum selbst

August 2022

Die Autorin

 Doris Tamm wurde als Kind aus
Moabit in Berlin während des Kalten
Krieges und der Zeit der Berliner
Mauer nach Schweden verschickt.
Sie war eines von fast 50.000
Kindern in Westberlin, die zwischen
1955 und 1989 über die Schulfe-
rien nach Schweden mit den Zügen
transportiert wurden. Einige von
diesen Kindern sind wie Doris Tamm für immer
in Schweden geblieben. Sie lebt seit 45 Jahren in
Kungälv an der Westküste des skandinavischen
Landes.